LA FRIVOLITÉ

COMEDIE

EN UN ACTE ET EN VERS.

(6)

LA FRIVOLITÉ
COMEDIE
EN UN ACTE ET EN VERS.

Par M. DE BOISSY.

Repréfentée pour la premiere fois par les Comédiens Italiens le 23 Janvier 1753.

Le prix eft de 30 fols avec la Mufique.

A PARIS,
Chez DUCHESNE, Libraire, rue faint Jacques au-deffous de la Fontaine Saint Benoît, au Temple du Goût.

M. DCC. LIII.
Avec Approbation & Privilege du Roi.

(7)

ACTEURS.

LA FRIVOLITÉ.

L'HIVER.

M. FAUSTER, *Suisse.*

MISS-BLAR, *Comédienne Angloise.*

LE MARQUIS.

ARLEQUIN *déguisé en Maître de Musique.*

La Scene est à Paris dans l'Hôtel d'une jeune Veuve de Finance.

LA FRIVOLITÉ

COMÉDIE.

SCENE PREMIERE.

LA FRIVOLITÉ, L'HIVER.

LA FRIVOLITE'.

C'EST vous, mon bel Hiver ! votre retour m'enchante :
Vous voilà mis d'un goût divin.

L'HIVER.

En Hiver de Paris, qui se pare à dessein
Pour vous faire sa cour, Frivolité charmante.
Mon ame étoit impatiente
De vous revoir dans ce brillant séjour.

A

LA FRIVOLITÉ;

Pour avoir ce plaisir, j'ai pressé mon retour,
Tout cede à ma froideur constante.
Pour vous, j'étens mes droits sur les autres Saisons,
Je racourcis l'Automne, & souvent je recule
Les Roses du Printemps, qu'allarment mes glaçons.
Je fais trembler l'Eté, quelque feu qui le brûle,
Et pour vous je ramene ici les aquilons
Dans le fort de la canicule.

LA FRIVOLITE'.

C'est me faire un honneur, qu'on trouve ridicule,
Vous faites murmurer Paris
Par ce contretems qui le gèle.
Je vous dirai bien plus : votre glace mortelle
Depuis un tems passe dans les esprits
Et se répand surtout jusques sur les écrits.
Les Spectacles souvent en font si refroidis,
Qu'on voit le jour d'une Piece nouvelle
Tous les Spectateurs engourdis
Bâiller à l'unisson, & sortir tout transis.
Votre tirannie est extrême,
Et le public s'en plaint.

L'HIVER.

Il n'est jamais content,
Il sifloit autrefois, il bâille maintenant,
Au fonds cela revient au même,
Et l'Auteur, qui plus est, gagne à ce changement ;
Car la maniere est moins brutale.
Il tombe au moins plus doucement,
Et sa piece meurt sans scandale.
Mais qu'il s'en prenne aux éléments,

Et qu'avec lui l'univers me condamne,
Je ris de ces emportements,
Pourvû que vous foyez toujours ma partifane,

LA FRIVOLITE'.

Oui , vous êtes pour moi plus beau que le Printemps ,
Et vous ferez toujours ma Saifon favorite.
Votre arrivée accroît mes agréments ,
De mes fujets , vous ramenez l'élite ,
Et vous réuniffez cent plaifirs différents,
Spectacles , Jeux , Bals , Soupers raviffants
Qui font briller tout mon mérite.

L'HIVER.

D'un fi rare bonheur , l'Hiver fe félicite.
Mais vous brillez dans tous les tems.
Votre deftin eft des plus furprenants.
C'eft la légéreté , qui forme votre empire.
Votre trône fragile eft affis fur les vents ,
Et toutefois rien ne peut vous détruire.

LA FRIVOLITE'.

Mon trône eft dans les airs par les Sylphes porté ,
Mais les Gnomes, qui font l'appui de ma puiffance,
L'attachent à la terre avec folidité ;
Il a pour bafe l'opulence,
Et mon regne eft fondé fur la réalité.
Au milieu de Paris , j'ai pris en conféquence ,
La figure , & les traits d'une jeune Beauté ,
Veuve d'un héros de finance ,
Qu'elle époufa par préférence ,

A ij

LA FRIVOLITÉ,

Pour réhauffer fa qualité
De tout l'éclat d'une fortune immenfe ;
Et dans fon riche hôtel, je fais ma réfidence ;
J'attire ici toute la France,
Dont je fuis la divinité.
Legere, vive, gaye, étourdie & coquette,
Je fixe les defirs de ce peuple brillant,
Les Ris compofent feuls le culte qu'il me rend,
Et mon autel eft ma toilette
Où je reçois fes vœux en minaudant.

L'HIVER.

Comme vous préfidez aux talens agréables,
Danfeurs, Muficiens, Poëtes tour à tour
Doivent faire pour vous éclater leur amour,
Et former un concert de tous les arts aimables.

LA FRIVOLITÉ.

Les états les plus férieux,
Les perfonnages les plus graves
Sont également mes efclaves ;
Même le plus frivole eft fouvent le plus vieux.
Le Magiftrat que je délaffe,
Vient me rendre le foir fon hommage badin,
Au Militaire, il difpute la place
De mon premier menin ;
Et le jeune Marquis qui tous deux les furpaffe,
Sur le beau fexe même a le pas dans ma cour,
Il taille mes ponpons, il leur donne la grace,
Et j'en fais ma Coëfeufe, ou ma Dame d'atour.

L'HIVER.

Il le mérite bien.

LA FRIVOLITE'.

Dans ce jour d'importance
Pour mieux étendre ma puissance,
Et mon nom dans tous les pays,
Je viens de me parer de mes plus beaux habits,
J'ai pris mon sceptre en main , & je donne audience
A tous les étrangers , qui viennent à Paris,
Pour former leur maintien , pour polir leur science,
Et donner aux talens ce brillant coloris
Qui les met dans leur jour, & qu'on ne prend qu'en France.
Je veux , de mes attraits , qu'ils connoissent le prix,
Et qu'à mon évantail , ils soient tous asservis.

L'HIVER.

Votre victoire est trop certaine :
Pour mieux la célébrer , je vais , ma Souveraine,
Rassembler tous mes jeux , qui vous doivent le jour ,
Et je reviens après signaler mon retour
Par un Bal singulier , dont vous serez la Reine.

Il sort.

A iij

SCENE II.

LA FRIVOLITÉ, M. FAUSTER.

M. FAUSTER.

JE donne le bon jour à tous vos agrémens ;
Madame, vous voyez un Socrate moderne,
Qui, pour ne rien sçavoir, étudia vingt ans,
Et qui honteux d'avoir perdu son tems,
De dépit est parti de Berne,
Pour devenir en France un aimable ignorant.
Tout ce que j'ai, Madame, appris certainement,
C'est qu'ici bas tout est frivole,
Que la réalité n'est que l'amusement,
Et pour apprendre promptement
Ce joli sçavoir-là, je viens à votre école.

LA FRIVOLITÉ.

Votre sincérité me plaît.
Vous voyez, quoique tard, le monde tel qu'il est.
Son globe entier n'est que superficie :
Un balon gonflé d'air, décoré de clinquant,
Tout est, à mes ponpons, soumis par conséquent,
Et dépend de ma monarchie.
Elle est universelle, & je n'ai qu'à vouloir.
Le Sage en vain déclame contre,
Il est comme le fou, sujet à mon pouvoir.

Il a beau m'éviter, par tout il me rencontre.
Qu'il mefure la Terre, ou foit qu'il vole au Ciel,
Soit qu'il fonde la Mer, je fuis toujours fon guide,
Et l'Anglois fi profond, ou qui paffe pour tel,
Creufe dans le frivole, & tombe dans le vuide.
Le François qui tout haut s'honore de mes fers,
   Eft plus raifonnable & moins dupe,
    Son efprit leger ne s'occupe
Qu'à parer fes dehors, à varier fes Jeux,
Qu'à goûter le plaifir, fans rechercher fa caufe,
Et qu'à prendre, en paffant, la fleur de chaque chofe.
   Par ce fiftême avantageux,
Il en eft plus aimable, & cent fois plus heureux.

M. FAUSTER.

C'eft ce que j'ai fenti. Pour marcher fur fa trace,
Donner dans le leger, voler fur la furface,
Je compofe un Roman : j'ofe vous fupplier
   D'en agréer la dédicace.

LA FRIVOLITE'.

Un Roman Suiffe ! & me le dédier !
L'honneur eft rare, & je m'en glorifie.

M. FAUSTER.

Je l'écris en François, d'un ftile fort leger.
Il contient votre éloge, ou votre apologie,
   Et vous devez le proteger,
   Le Héros dont j'écris la vie,
Eft un Héros paifible ; & fon plus grand danger
Eft ce ui de tomber dans une Comedie,
      A iiij

LA FRIVOLITÉ,

Ou de voir de trop près une Actrice jolie.

LA FRIVOLITE'.

Mais vû par ce côté, votre ouvrage me rit.
Quel est le titre, je vous prie ?

M. FAUSTER.

C'est le Suisse qui rêve, ou la Philosophie
Réduite à rien par un homme d'esprit.

LA FRIVOLITE'.

Suisse spirituel, & qui rêve à profit !

M. FAUSTER.

Ce paradoxe vous étonne.
Il choque ouvertement le proverbe reçu.

LA FRIVOLITE'.

Il est vrai que l'esprit n'est pas une vertu
Dont le grand nombre vous soupçonne.

M. FAUSTER.

Voilà précisément ce que j'ai combattu
Dans mon discours préliminaire.
J'y compare d'abord l'esprit, qui nous éclaire,
Au bel astre du jour, qui répand sa lumiere
Sur tout le monde également,
Et je fais voir après par des preuves réelles,
Qu'on le transplante en commerçant,
Que du François, il passe à l'Allemand,
Qu'il s'embarque sur mer, franchit les dardanelles,

Et circule comme l'argent.
Voilà pourquoi chaque peuple varie.
En trafiquant dans les autres climats,
Il en prend l'air, les façons, le génie,
Communique le sien à ces mêmes états.
Les mœurs ainsi par tout se mêlent en partie,
Et forment par degrés un monde tout nouveau,
Nous sommes les témoins d'un prodige si beau.
L'Europe maintenant, & qui plus est, l'Asie
Présentent à nos yeux, un différent tableau.
Le beau sexe n'est plus esclave en Italie,
        Et l'on boit du vin en Turquie.
        En France l'on s'est mis à l'eau,
        Et l'on fait des vers en Russie.

LA FRIVOLITE'.

Des vers Russes, je crois, doivent être jolis.

M. FAUSTER.

Votre commerce, & vos ouvrages
Nous ont polis, nous ont éclairés tous;
Et pour vous vaincre un jour, dans tous vos avantages,
        Nous prennons des armes chez-vous.
Votre idiôme ailleurs fait du progrès sans cesse
        On le parle dans tout pays,
        Comme celui de Rome & de la Grece.
        A Coppenhague, on le professe,
Et jusqu'en Amérique, il fait des Beaux-Esprits.

LA FRIVOLITE'.

Puissent-ils venir mieux dans la nouvelle France,
Que depuis quelque tems ils ne viennent ici !

M. FAUSTER.

La révolution n'eſt pas ſi loin qu'on penſe.
Le regne de l'Eſprit, peut, comme la Science,
Paſſer dans nos Cantons, & puis au Potoſi.
Notre bon goût ſe forme, & le votre commence
         A s'altérer dans vos écrits,
Le ſçavoir, parmi vous, tombé dans le mépris,
              Fait dans le Nord ſa réſidenec,
                   Et pour les Arts qu'il récompenſe,
         Berlin déja le diſpute à Paris.

LA FRIVOLITÉ.

         Nous honorons, d'un accueil favorable,
         Plus que jamais, tous les Arts d'agrément.
Nous n'eſtimons pas moins l'abſtrait que l'agréable.
Nous préférons l'Algébre à la Danſe ſouvent,
Neuton, plus que Dupré, nous paroît admirable,
Et l'Electricité nous frape uniquement.
Ses inviſibles coups, qui tiennent de la fable,
Comme ceux de l'Amour, exercent à préſent
Un empire auſſi fort, qu'il eſt inexplicable.
         Nous l'employons univerſellement,
Et dans notre fureur, juſqu'au feu du tonnerre,
Nous électriſons tout impitoyablement.
         Nouveaux Titans, dans cette guerre,
Nous voulons déſarmer le Roi du Firmament,
Et ſoumettre le Ciel au pouvoir de la Terre.

M. FAUSTER.

Vous regardez cela comme un amuſement.

LA FRIVOLITE'.

C'eſt, comme il faut tout voir, par le côté charmant.
Pour l'Erudition, dont la lourdeur accable,
Si nous la négligeons, le mal n'eſt pas bien grand.
     Le gros ſçavoir fait un pedant.
     L'eſprit lui ſeul fait l'homme aimable,
     Qui chez nous eſt le vrai ſçavant.

M. FAUSTER.

L'Eſprit en fait par tout.

LA FRIVOLITE', *d'un ton ironique.*

          Et qui doivent nous vaincre.
Vôtre exemple, Monſieur, ſuffit pour nous convaincre.

M. FAUSTER.

Le ton me fait ſentir le vrai ſens de ces mots.
Il dit en bon François que nous ſommes des ſots,

LA FRIVOLITE'.

Vous l'interpretez mal.

M. FAUSTER.

          Non, j'entens l'ironie.
Vos piéces de tout tems, ainſi que vos propos,
De la bêtiſe, en tout, nous ont fait les Heros;
Et vôtre raillerie, aux ſpectateurs crédules,
Offre un Tableau chargé de nos vieux ridicules,
Tels qu'ils n'exiſtent plus que dans vos ſeuls cerveaux.

LA FRIVOLITE'

Moi, plus juſte, d'une ame franche,
Je ris de vos travers nouveaux,
Et je viens prendre ma revanche.
Comme Berne, Paris a ſes originaux.
Cette Ville qui toujours franche
Ne doit plus ſe mocquer de nos treize cantons,
Madame, & vos Marquis valent bien nos Barons.

LA FRIVOLITE'.

Aux Etrangers, toujours nous donnons l'avantage

M. FAUSTER.

Madame, s'il vous plaît, tréve de perſiflage.

LA FRIVOLITE',

Non, en votre faveur nous ſommes prévenus.
Le défaut du François eſt d'outrer là-deſſus.
Les mœurs de ſes voiſins ſont toujours les plus ſages.
Il a adopté leurs arts, leurs écrits, leurs uſages.
Fait pour ſervir en tout de modéle brillant,
Il en perd le mérite, & par cette manie
D'un bon original, il devient très-ſouvent
Une fort mauvaiſe copie.

M. FAUSTER.

Je blâme cet excès vraiment
Il forme en elle un autre ridicule.
Lorſqu'un voiſin fait bien, on doit prendre ſon ton,
Ou plutôt encherir ſur ce qu'il a de bon.
Mais quand ſervilement on le ſuit ſans ſcrupule,
On eſt alors ſon ſinge, & non pas ſon émule.

Au portrait du François, j'ajouterai ce trait,
    Dans mon Roman que je retouche,
    Je vous implore à ce sujet.
Adouciffez pour moi le critique farouche.
Les Dames aujourd'hui font le fort d'un écrit ;
Et dès qu'il eft vanté par une belle bouche
L'ouvrage a de la vogue, & l'Auteur réuffit.

LA FRIVOLITE'.

    Sans avoir lû, je donne mon fuffrage,
De maifon, en maifon, j'irai prôner l'ouvrage.
    Je forcerai tous mes amis,
Les uns à l'acheter, les autres à le vendre,
Pour mieux l'accréditer, je doublerai le prix,
    En même tems j'aurai foin de répandre
Qu'il eft d'un étranger. C'eft pour le faire prendre,
    Monfieur, un titre qui fuffit.
Je réponds du fuccès, ou du moins du débit.
L'un a de l'air de l'autre, & l'on peut s'y méprendre.
    La réuffite, ou le grand bruit,
    Aujourd'hui d'une Comédie,
    Du feul manége, eft en fecret le fruit,
La premiere femaine ; en foule on s'extafie ;
La feconde, elle baiffe, & n'offre rien de neuf,
    La troifiéme, elle perd la vie,
    Voilà, j'en excepte Génie,
Voilà nos grands fuccès depuis quarante-neuf.

M. FAUSTER.

Mille remercîmens. Une Dame s'avance.
J'attendrai qu'elle ait fait, pour vous dire bon foir,
    Et je m'éloigne un peu par bienféance.

LA FRIVOLITE'.

C'eſt une Angloiſe, & de ma connoiſſance.
Je ne ſçaurois trop bien la recevoir.

SCENE III.

LA FRIVOLITE', M. FAUSTER, MISS-BLAR.

MISS-BLAR.

Vous faites aujourd'hui les honneurs de la France;
Recevez donc ma révérence.
Avant que de parrir, j'ai voulu vous revoir,
Madame.

LA FRIVOLITE'.

Vous partez, Miſſ-Blar !

MISS-BLAR.

En diligence;
Et ſans avoir le tems d'aller même en Provence.

LA FRIVOLITE'.

Mais pour diſſiper, pour bannir l'eſprit noir,
Qui vous travaille dès l'enfance,
L'air de Paris, eſt l'air par excellence.
Vous l'avez dû ſentir déja.

MISS-BLAR.

Moi ! point ; jusques ici,
Madame, il a mal réussi.

LA FRIVOLITE'.

Vous méritez que je vous gronde.
Que ne me croyez-vous ? C'est votre faute aussi.
Il falloit vous répandre au milieu du grand monde,
Me suivre dans son tourbillon.

MISS-BLAR.

Dans l'espoir de ma guérison,
Madame, je m'y suis jettée en furieuse ;
J'ai d'abord entrevû quelque petit rayon ;
Mais pst, il s'est éteint. J'ai trouvé, malheureuse !
Que malgré tous ses airs, & sa prétention,
La bonne Compagnie est la plus ennuyeuse.
La tristesse est assise à côté du bon ton.

LA FRIVOLITE'.

C'est dans son sein pourtant que le plaisir habite,
Avec les jeux badins qui marchent à sa suite,
Et la gayté, son adorable Sœur.

MISS-BLAR.

La sienne n'est point vraye, & puisqu'il faut le dire,
Elle est au fonds de l'ame aussi triste que moi.
C'est l'ennui déguisé, qui s'efforce à soûrire,
Et non pas la gayté, qui rit de bonne foi.

LA FRIVOLITE'.

Voulez-vous qu'elle éclate en Bourgeoife Mauffade.

MISS-BLAR.

Oui, c'eft la meilleure façon.
Quand elle a befoin d'art, la joie eft bien malade.

M. FAUSTER, *s'approchant.*

Sa plus grande ennemie eft la reflexion.
Pardon, fi je me mêle à l'entretien, Mefdames.
Mais je fuis Médecin, furtout celui des femmes.
Sans être de la faculté,
J'ai traitté bien des fois, gueri plus d'une belle.

A MISS-BLAR.

De vôtre mal, d'un coup d'œil, je démêle,
L'origine & la qualité.
Miledi penfe trop. La penfée eft mortelle.
Elle fait haïr la clarté,
C'eft le poifon de la fanté.

MISS-BLAR.

Sçavoir quel eft mon mal c'eft une bagatelle,
Mais le guerir, Monfieur, c'eft la difficulté.

M. FAUSTER.

La Recette en eft fimple autant que naturelle.
Si-tôt que, de la vie, on fe fent dégoûté,
On fe doit fur le champ débarraffer la tête
Du Jugement qui nous maigrit;

Déraifonner

Déraisonner beaucoup, parler sans être instruit,
Rire sans cause, aller sans que rien nous arrête,
Se réduire à l'instinct qui nous guide à profit.

MISS-BLAR.

Ah! Peut-on exister, si l'on ne reflechit,
Votre recette est revoltante :
C'est végeter comme une plante.

M. FAUSTER.

Le grand nombre l'imite, & le bon sens nous dit
Qu'il vaut mieux vivre sot, que mourir plein d'esprit.

MISS-BLAR.

Pour moi je suis vôtre Servante.
Ne vivre que pour mettre une coiffe, un pannier,
Ah! j'aimerois autant orner un Espalier.

M. FAUSTER.

Ne pensez donc qu'à l'agréable,
Et ne faites, je cherche un terme favorable,
Ne faites que frivoliser,
Si de ce mot, il m'est permis d'user.

LA FRIVOLITE.

Voilà depuis trois mois ce qu'ici je lui crie,
Dissipez vôtre esprit, sans jamais l'occuper.

MISS-BLAR.

Vous m'impatientez, comment me dissiper!
Rien ne m'amuse, & tout m'ennuie.

B

M. FAUSTER.

Il ne faut pas se rebuter:
Comme l'oiseau que rien ne lie,
Parcourez, sans vous arrêter,
Le Cercle des plaisirs, que chaque instant varie,

MISS-BLAR.

Ces plaisirs ! Je les cherche, & je n'en trouve point.

M. FAUSTER.

La promenade est un remede...

MISS-BLAR.

Qui me fatigue au dernier point.

M. FAUSTER.

La Table ?...

MISS-BLAR.

M'est à charge.

LA FRIVOLITE'.

Et le Bal ?....

MISS-BLAR.

Il m'excede.

M. FAUSTER.

Le Jeu ?....

MISS-BLAR.

M'est odieux.

LA FRIVOLITE'.

Le Spectacle ...

MISS-BLAR.

Importun.

M. FAUSTER.

Vôtre mal est tenace. En cet état funeste,
A votre place, moi, je joûrois de mon reste.
C'est peu de folâtrer, pour chaffer l'efprit brun :
Il faut extravaguer jufqu'à la frenefie.

MISS-BLAR.

Eh, je n'ai pas le fens commun,
Depuis que j'ai quitté le fein de ma Patrie.
C'est un mauvais contrepoifon.
J'étois malade à Londre à force de raifon,
Et je meurs à Paris d'un excès de folie.

M. FAUSTER.

Madame, il vaudroit mieux mourir
Cinquante fois plutôt d'un excès de plaifir.
A ce propos, parlez, je vous fupplie,
A Londre n'avez-vous rien aimé ?

MISS-BLAR.

Non, jamais,
Et j'ai porté chez moi la froideur à l'excès.

M. FAUSTER.

Contre votre mélancolie,

B ij

Je ſçai donc en ce cas un remede certain.
Prenez.....

MISS-BLAR.

Quoi donc ? Achevez, je vous prie.

M. FAUSTER.

Prenez vîte un Amant pour votre Médecin.
Ses ſoins ſçauront bientôt, je vous le certifie,
Vous donner du goût pour la vie,
Et faire ſucceder le plaiſir au chagrin.

LA FRIVOLITÉ.

Il eſt de bon conſeil.

MISS-BLAR.

Ah ! je l'en remercie;
Le remede, Madame, eſt pire que le mal.

M. FAUSTER.

Mais comment jugez vous qu'il vous ſera fatal,
N'ayant point eſſayé.....

MISS-BLAR.

Non pas, Monſieur, à Londre.

M. FAUSTER.

En France, Miledi, l'auriez-vous éprouvé ?

MISS-BLAR.

Me taire, c'eſt aſſez répondre.

LA FRIVOLITE'.

Chere Miff, votre cœur s'en eft-il bien trouvé ?

MISS-BLAR.

Au mieux le premier jour ; je crus alors renaître.
Il fe fit dans mon ame un changement nouveau.
Pour la premiere fois , le jour me parut beau ,
Et je goûtai le bonheur d'être.

M. FAUSTER.

Le fecond jour ?

MISS-BLAR.

Mon plaifir s'altera.
Mon Amant fut abfent, mon cœur en foupira.
Le troifième , il revint , & chaffa ce nuage.
Le quatriéme , il parut moins ardent ,
Et mon amour troublé s'allarma vivement.
Le cinquiéme , il devint volage ,
Et tout mon bonheur difparut ;
Une Rivale eut l'avantage.
J'en fus témoin. Mon défefpoir s'accrut ,
Et dans mon cœur trahi ne laiffa que la rage.

LA FRIVOLITE'.

Vous êtes mal tombée , & c'eft un grand dommage.
J'en connois un , qui feroit plus conftant.

MISS-BLAR.

En quatre mots , voilà mon hiftoire finie.

B iij

Tout calculé bien juftement
Je n'ai vêcu que trois jours dans ma vie.

LA FRIVOLITE'.

D'un nœud leger, tiffu pour un moment,
Il falloit avec lui vous lier feulement.
                Vous avez contre ma défenfe
Formé le fot lien d'un tendre attachement,
Et vous en recevez le jufte châtiment.
                Mais quel eft donc le petit Maître ?...

MISS-BLAR.

C'eft votre favori, ce fripon de Marquis,
Qu'ici pour mon malheur, vous m'avez fait connoître.
                Adorateur de mon Pays.
                Dans ma perfonne, il en parut épris.
Nous fûmes joints d'eftime, autant qu'on le peut-être.
                Par un moyen qui réuffit fouvent,
                Je me flattois de fixer fa tendreffe,
Malgré tout mon amour, j'ai très-exactement
                Confervé toute ma fageffe;

M. FAUSTER.

C'eft un effort bien furprenant,

MISS-BLAR.

                Cela tient un peu du miracle,
                Monfieur, particulierement
                Dans une fille de Spectacle.
                De cet aveu, vous êtes étourdi!
Le préjugé fur vous....

M. FAUSTER.

Non ; je fçai le combattre ;
Mais je vous croyois Miledi.

MISS-BLAR.

Souvent je le fuis au Théâtre.

M. FAUSTER.

Vous pourriez l'être ailleurs par un titre plus fort.

MISS-BLAR.

Jamais je ne m'allie avec aucun Mylord.
Notre profeſſion à Londres eſt glorieuſe.
Le défaut de mérite eſt feul déshonorant.
Une Actrice de nom, quand elle eſt vertueuſe,
Peut afpirer chez nous au parti le plus grand,
On y rougit du vice, & non pas du talent.

M. FAUSTER.

Moi, je l'honore infiniment.
Il devient entre nous un nœud de fympathie.
Si vous jouez la Comédie,
En pluſieurs Langues, moi, j'en fais facilement,
En François, en Anglois, tout comme en Allemand.
Nous fommes Etrangers, le hazard nous raffemble ;
Marions nos accens & nos talens enfemble.
Tout à coup, dans mon cœur, je fens naître pour vous,
Meſtris, une eſtime amoureuſe.

Il fe jette à fes genoux

MISS-BLAR.

Que faites-vous ?

B iv

M. FAUSTFR.

Devant une Actrice fameufe ,
Un Auteur doit toujours flechir les deux génoux.
Nous devons, à votre art , nos fuccès les plus doux.

MISS-BLAR.

Ah ! Levez-vous , Monfieur. J'apperçois mon perfide.
La colere , à fa vûe , eft mon feul fentiment ;
Et pour fçavoir , ici , quelle raifon le guide,
Je m'en vais dans ce coin me cacher un moment.

M. FAUSTER.

Acceptez ma main , je vous prie.
Je vous y tiendrai compagnie.

Il s'éloigne avec elle.

SCENE IV.

LA FRIVOLITE', LE MARQUIS,
MISS-BLAR, M. FAUSTER, *Cachez.*

LE MARQUIS, *à la Frivolité.*

JE viens-verfer ma joye en votre fein,
Madame, elle eft immenfe, & rien ne peut la rendre :
Ils ne partiront pas. Ils demeurent enfin.
Nous allons les revoir, nous allons les entendre.

LA FRIVOLITE';

Qui donc? Expliquez-vous. Je crains de me méprendre.

LE MARQUIS, *Parodiant* Serpilla *du Joueur.*

La charita, la charita.

LA FRIVOLITE'. *Elle chante.*

Comment! nous entendrons encor, *Bella mid,*
Se son tuo sposo.

LE MARQUIS.

Demain, ma Souveraine,
Ils reparoîtront fur la Scène.

LA FRIVOLITE';

J'irai donc avec eux y triompher demain.
Ma joye au moins, à la votre eft égale.

LE MARQUIS.

Ah! vive l'Italie & fon Trio divin.

LA FRIVOLITE'.

La Mandoline, la Timbale,

LE MARQUIS, *contrefaifant les Bouffons.*

Et le Violon, zin, zin, zin.

LA FRIVOLITE', *les Parodiant auffi.*

Pa, ta, pon, & trin, trin.
Ce prompt retour, que je n'ofois attendre;

Eſt une victoire pour nous.
Puis-je la célébrer par des transports trop fous ?

LE MARQUIS, *contrefaiſant le rire de* Manelli,
dans le Joueur.

Ah ! ah ! bouffonnons, rions tous.
Moi, pour modéle, je veux prendre,
Dans ſes plaiſants éclats, l'agréable Joueur.

LA FRIVOLITE.

Moi, Serpilla, dans ſon ſoûris moqueur.
Elle que je chéris, dont l'adieu fût ſi tendre,
Qu'elle verſa des pleurs, & nous en fit répandre.

LE MARQUIS, *Parodiant, l'air,* vuo dirlo
baſſo, baſſo, *du Maître de Muſique.*

Ecoutez tout bas, tout bas,
Je ſuis fou de ſes appas ;
Et pour faire un grand fracas,
Nous irons tous à l'Opera.
Ma main la cla, claquera.

MISS-BLAR, *s'approchant & l'interrompant.*

Quel ſecret dites-vous là ?

LE MARQUIS.

Je lui diſois en confidence.
Que je vous adore, Miſſ-Blar.

MISS-BLAR.

C'eſt Serpilla plutôt qui vous lie à ſon Char,
Vous voulez déguiſer en vain votre inconſtance.

LE MARQUIS.

Votre cœur ne doit pas en paroître jaloux.
Je folâtre avec elle, & soupire avec vous.

MISS-BLAR.

Mon cœur veut tout ou rien. Ce partage m'offense
Sur le choix, il faut prononcer.

LE MARQUIS.

Je ne prononce point entre Londre & Florence
De vos talens divers, je ne puis me passer.
J'apprens à chanter d'elle, & de vous à penser.
C'est ainsi, de vos dons, que j'enrichis la France.

MISS-BLAR,

Ciel ! quel injuste Arrêt ! Mais j'en appelle.

LA FRIVOLITE'.

A qui

MISS-BLAR.

A la raison, qui prendra ma défense.

LA FRIVOLITE'.

La raison, comme vous, est étrangere ici.

MISS-BLAR.

J'implore donc votre puissance.

LA FRIVOLITE'.

C'est mon esprit qu'il a suivi,
Et je confirme la sentence.

MISS - BLAR.

Je n'attendois pas moins de la Frivolité,
Protectrice de l'inconstance,
Et digne sœur de la légereté.

M. FAUSTER.

Voilà bien le François, dont elle est le génie,
La nommer, c'est le définir.
Son transport l'autre jour étoit l'Anglomanie,
Rien, sans l'habit Anglois, ne pouvoit réussir.
Au dessus de Corneille, il mettoit Sakespir.
Une nouvelle frénesie
Aujourd'hui vient de le saisir;
C'est la fureur des accords d'Italie.

MISS - BLAR.

Ce mal épidémique a gagné tout Paris.
J'en enrage.

LA FRIVOLITE'.

Et moi j'en ris.

MISS - BLAR.

La chose est en effet très-digne de risée.
Vous y perdez.

LE MARQUIS.

Nous y gagnons.
En changeant de plaisirs, nous les multiplions.

MISS-BLAR.

Quelle rivale, ingrat, m'avez-vous opposée ?

LA FRIVOLITE'.

Mais, mais, j'admire en vous ces exclamations !
Cette Mufique italienne
Que vous rabaiffez tant, foumet tous les pays,
Elle eft par conféquent & la fienne & la vôtre.

MISS-BLAR.

Non, je la méconnois, défigurée ainfi.

LA FRIVOLITE'.

Nous voulons juftement en embellir la nôtre.
Cet alliage a déja réuffi.

MISS-BLAR.

Ah ! plûtôt par ce pot pourri,
Vous la dénaturez, & gâtez l'une & l'autre.
C'eft un chef-d'œuvre ailleurs, mais un vrai monftre ici.

LE MARQUIS.

Pour vous guérir de cette idée étrange,
Je la veux toute feule établir fans mélange ;
Et je veux qu'à fa gloire, un autel foit dreffé
Sur les derniers débris & d'Armide, & d'Iffé.

MISS - BLAR.

François dénaturé, quel transport vous égare!
Priver la Nation d'un si bel ornement?
    Pouvez-vous sans frémissement
    Former un projet si barbare?
    Ces Opéra de sentiment
    Dont la mélodie est si tendre,
Vous les sacrifiez, Monsieur?

LE MARQUIS.

           Oui, forcément,
Nous n'avons plus d'Acteurs aujourd'hui pour les rendre,
Le dernier des Romains est prêt à nous quitter.
    Nous n'avons pas le tems d'attendre
Qu'il ait des successeurs pour les représenter.
De cette perte-là, toi seul, tu nous consoles,
Orphée Italien! pour exprimer ton chant,
Notre Orquestre suffit: un accompagnement,
Un coup d'archet dit plus que deux cens mots frivoles.
Tu vas nous procurer encore un bien plus grand.
Nos Opera nouveaux, par ton moyen charmant,
Pourront à l'avenir se passer de paroles.

M. FAUSTER.

On en fait joliment encor:
Les Fêtes de l'Hymen, Monsieur, & Zélindor,
Pour les Ballets François, sont deux bonnes écoles.

MISS - BLAR.

Vous serez donc réduits au Concert seulement,
Quand vous supprimerez leurs actions falottes.

LA FRIVOLITE'.

Non, la plaifanterie eft toute dans les notes.
Je dois à leurs accords un nouvel agrément,
Qui redouble pour eux le zele qui m'allume :
Ils font dialoguéz fi merveilleufement,
Que dans l'Orqueftre feul, je trouve heureufement
Un Acteur accompli, qui jamais ne s'enthume.

MISS - BLAR.

Mais rire à l'Opéra, ce n'eft pas la coutume.

LA FRIVOLITE'.

On rit tous les jours, fans façon,
Aux François, que je crois d'auffi bonne maifon.

MISS - BLAR.

Ah ! ne plaifantez pas, c'eft commettre une offenfe
Contre fa dignité, qui profcrit le badin.

LE MARQUIS.

La dignité du magafin !

MISS - BLAR.

Oui, je rougis pour lui de l'indécence.

LE MARQUIS.

L'indécence de l'Opéra
Eft dans la mauvaife Mufique.
Celle qu'un amateur, toujours admirera,
Eft la plus noble fans replique.

LA FRIVOLITE'

MISS - BLAR.

Tous ces prétendus amateurs
Qui la vantent par air, avec un ton de maître.
A Paris en font les honneurs,
Sans avoir bien souvent celui de la connoître.

LA FRIVOLITE'.

Vous avez contre nous trop de prévention.
Pour être juge en nôtre cause
Monsieur est d'une Nation,
Qui toujours n'eutre, agit sans passion.
Je m'en rapporte à lui, qu'il décide la chose.

M. FAUSTER.

Je crains . . . .

LE MARQUIS.

Monsieur, point d'apprehension.
Vous ne pouvez jamais que m'être favorable.

M. FAUSTER.

Je vais en ce cas là tâcher d'être équitable.
Vôtre Opera Parisien
Me fait priser Lulli, mais Quinault d'avantage.
L'interêt de la Scène est son premier soutien,
Et le Poëte sçait si bien,
De la tendresse, exprimer le langage,
Que le cœur avec lui devient Musicien.

A

A l'égard du Chant italique,
Comme j'ai calculé fes accords feduĉteurs,
Et vû fon aĉtion d'un œil philofophique,
J'applaudis tout haut fa Mufique,
Et ris tout bas du jeu de fes Aĉteurs.

LE MARQUIS.

Rire tout bas ?

M. FAUSTER.

Sans doute un homme raifonnable
Craint d'eclater, Monfieur, & rit modeftement.

LA FRIVOLITE'.

Eft-ce en bien ? eft-ce en mal ?

M. FAUSTER.

Un arrêt fagement
S'interprète toujours dans un fens favorable.

MISS-BLAR.

Il s'en tire fort joliment,
Et fa décifion eft d'autant plus louable,
Qu'au fonds chaque parti doit en être content.
Adieu. Je fors moins trifte, après ce jugement.

LA FRIVOLITE'.

Amenez une troupe Angloife,
Et revenez ici pour y jouer.
Qu'elle foit bonne, ou qu'elle foit mauvaife,

C

Vous verrez tout Paris deferter la Françoife,
Et vous venir en foule applaudir & louer.

MISS-BLAR.

La propofition me touche.
Madame, j'attendrai que vous fcachiez l'Anglois.

LE MARQUIS.

Il ne faut que paroître aux regards du François :
Il eft au fait, avant qu'on ait ouvert la bouche.

MISS-BLAR.

Comme vous aimez le badin,
Nous joûrons donc la pantomime,
Et nous approcherons, Monfieur, du baladin.
Pour mieux meriter votre eftime.

LA FRIVOLITE'.

On eft sûr de l'avoir dès qu'on eft fingulier.

LE MARQUIS.

Nous avons tant pleuré, qu'il faut nous égaïer.
Je ne vous offre pas ma main pour vous conduire.
Vous avez dans Monfieur un meilleur Ecuïer.

M. FAUSTER à *Mifs-blar.*

Madame, avec tranfport j'accepte cet office
Un autre plus charmant, dont j'ofe vous prier,
Combleroit tous mes vœux, fi vous m'etiez propice,
Je m'en acquiterois. Que l'himen nous uniffe.
Nous fommes faits pour nous lier.
La Raifon eft Angloife, & le Bon fens eft Suiffe.

LE MARQUIS.

Et l'Esprit est François, qui n'en est point jaloux.
Il fait compliment à l'epoux,
Quand sa maîtresse se marie,
Sûr que le lendemain, appaisant son courroux,
Elle sera sa bonne amie.

MISS-BLAR *à M. Faufter.*

Monsieur, je vous donne ma main.
Pour vous qui tournez tout, Marquis, en raillerie,
Vous n'aurez point de lendemain.
Je pars, de tous vos traits, parfaitement guerie.

LE MARQUIS.

Le dépit seul vous dicte ce Discours ;
Quand je blesse quelqu'un c'est pour toute la vie.

MISS-BLAR.

Non, je vous fais, Monsieur, mes adieux pour toûjours.
Rien ne m'attire plus au sein de cette ville.
Des talents étrangers, vôtre esprit amateur
N'en saisit, dans sa folle ardeur,
Que le frivole, ou l'inutile.
Il prend, des miens, la licence facile,
Sans en avoir la profondeur :
Le battelage d'Italie,
Sans en posseder l'harmonie.
Opulent par lui-même, il neglige son bien,
Pour faire un sot emploi du nôtre qu'il envie ;
Et croiant s'enrichir, il se reduit à rien.

C ij

LA FRIVOLITE'.

Vous partez mécontente !

MISS-BLAR.

Oui , puifqu'il faut répondre ,
J'etois venuë en France apprendre expreffément
La decence, le goût, la grace & l'agrément ,
Pour les joindre à la force, où nous primons à Londre ;
Mais je me fuis meprife infiniment.
Vos Spectacles changés ne font plus une Ecole.
On ne voit plus regner chez eux
Qu'un plagiat qui me défole,
Et qu'un déplacement affreux
C'eft l'Opéra que par tout on copie.
On chante au Théâtre François
Où comme lui plûtôt on crie
Des vers boufis , faits pour mugir exprès ,
La troupe Italienne en tout le parodie ;
Et lui dérobant fes Moutons
Ne quitte plus la Bergerie.
Pour avoir fa revanche, il a pris leurs boufons.
L'amour qu'on a pour eux devient le goût unique.
Tout paroît travefti , tout eft lazzis , chanfons.
Comme on outre le jeu, l'on charge la Mufique,
Et tout Paris n'eft plus qu'un Opéra Comique.

M. FAUSTER.

Pour moi, qui de fang froid, voit tout également,
Je vous quitte , Monfieur, plein d'eftime & de zele.
Je fçai que vôtre efprit ne s'egare un moment,
Que pour reprendre après plus furement
Le chemin du bon goût dont il eft le modele.
Pour être bien, Meffieurs, reftez toujours François ,
N'imitez que vous même , & vous ferez parfaits.

En revenant.

Je reviens fur mes pas vous dire une nouvelle
Tout à coup il fe leve une aurore fi belle,
          Qu'elle a rendu le jour à vôtre chant.
Nouveau Titon, il rajeunit par elle,
Embeli des accords que vous cheriffez tant,
En confervant toujours fa grace naturelle,
Le Beau fexe fur tout eft fon grand partifan.
Je vous en félicite. Adieu, Bon jour, Bon an.

Il fort.

SCENE V.

LA FRIVOLITE'.

POUR combattre l'eclat de cette reuffite
Redoublons nos tranfports pour nôtre favorite
Célebrons fon retour par un brillant duo.

LE MARQUIS.

Souffrez plû-tôt par un trio
Que nôtre amour envers elle s'acquitte.

LA FRIVOLITE'.

A deux, un trio! rêvez vous?

LE MARQUIS.

Il eft de la façon d'un Serin de Bergame.
          Mais le voici qui vient, Madame,
          Pour l'executer avec nous.

C iij

SCENE VI. & derniere.

LA FRIVOLITE', LE MARQUIS, ARLEQUIN déguisé en Maître de Musique.

ARLEQUIN tout éfouflé & l'habit en désordre.

OUF, Madame, pardon. Souffrez que je respire.
Je n'en puis plus, je viens d'être le spectateur
   D'un combat qui tient du délire.
On m'a même forcé d'y devenir Acteur.
   L'image encore est présente à mon cœur;
J'en fremis d'épouvante, & j'en creve de rire.

LA FRIVOLITE'.

Quel combat ?

ARLEQUIN.

   Au Caffé. C'est le Champ de bataille,
Les deux partis, Madame, en sont venus aux mains.
   D'abord on s'escarmouche, on raille.
Sur nôtre musico, tombent les traits malins.
L'un dit que ce chanteur pour qui l'on se chamaille,
Miaule dans le haut, & jape dans le bas.
L'autre, avec nos accords, exalte ses éclats.

LE MARQUIS.

C'est une grande voix, pour peu qu'on la travaille,

ARLEQUIN.

Nos railleurs infifloient, mais ils ont du deffous,
      Dans l'inftant qu'une baffe taille,
Qui fortoit du gros corps d'un Lullifte jaloux,
Crie, aux piés de Lulli, profanes, tombez tous,
      Et devant lui baiffez la Nuque.
      Ah! taifez vous, vieille perruque,
Lui replique un coufis, qui s'echaufe pour nous.
      Ne parlez plus de Mufique Françoife.
Vôtre petit Lulli ne va pas aux genoux
      Du grand, du divin Pergoleze.
Petit Lulli dit l'autre écumant de courroux.
      Un tel blafphême eft indigne de grace.
A la tête, à ces mots, il lui jette une taffe.

LA FRIVOLITE'.

O! Ciel! pour nos amis, je fremis de l'affront.

ARLEQUIN.

Nôtre gafcon l'efquive, & fon bras furibond
Lui lance un tabouret, au milieu de la face,
      Qui nous vange, & qui le terraffe.
      A ce beau coup, nôtre parti vainqueur
      Bat des mains, pouffe un cri de joie,
Et l'ennemi confus en pouffe un de douleur,

LE MARQUIS.

Je refpire.

C iv

ARLEQUIN.

Ce n'eſt qu'un prélude , Monſieur.
De la Guerre , auſſi-tôt le ſignal ſe déploie.
Le Café ſe diviſe ; ils jurent, nous chantons,
Leur bataillon ſerré vient fondre ſur nos troupes.
On voit bien-tôt voler les verres , les ſoucoupes,
Les carafes, les carafons,
Les biſcuits & les macarons,
De toutes parts le ſang coule & ſe mêle
Parmi les flots de thé , d'orgeat & de canelle.

LA FRIVOLITE'.

Ce recit, ſur mon front, fait dreſſer mes cheveux.

ARLEQUIN.

Pour arrêter l'horreur d'un combat ruineux,
La Reine du Café ſort de ſon Trône en larmes.
Loin de ſe rendre à ſon aſpect,
Ils la décoifent ſans reſpect
Ni pour ſon rang ni pour ſes charmes.
Dans la mêlée , elle perd ſon bonnet,
Et ſon mari qui veut leur arracher les armes,
Eſt inhumainement plongé dans un baquet.

LE MARQUIS.

Voilà du grand tragique.

LA FRIVOLITE'.

Au fort de la bagarre,

Que faiſiez vous , Signor ?

ARLEQUIN.

Tapi seul dans un coin,
J'etois de la bataille, un paisible témoin,
Quand ce Chantre maudit, ce Lulliste barbare
M'apperçoit par malheur, & dit, ah! le voilà
Cet Amphion en A, mi, la,
Qui de nos démêlés, est la cause bisarre.
Assommons ce coquin. Aussi-tôt dit, aussi-tôt fait.
Il se jette sur moi comme un Tigre farouche.
Pour me justifier, je veux ouvrir la bouche :
Il me la ferme d'un soufflet.
Tout son parti l'imite, & me rosse à forfait.

LE MARQUIS.

Et le nôtre? achevez, vôtre malheur me touche.

ARLEQUIN.

Il vole à mon secours, m'arrache de leurs mains,
Et m'élevant malgré leurs efforts inhumains,
Sur ses bras, qui pour moi sont un Char de victoire,
Il me porte en triomphe, au milieu de Paris,
Jusques dans ce Palais, où quittant mes amis,
J'entre, chargé de coups, & tout couvert de gloire.

LE MARQUIS.

Se peut-il qu'on vous ait aussi peu respecté?
Ah! j'en rougis pour ma patrie!

LA FRIVOLITE', à Arlequin.

Quoi? vous êtes, Monsieur, ce Fausset si vanté?

ARLEQUIN.

Non, Madame, je suis une taille accomplie.

LE MARQUIS.

Chanteur, danseur, rimeur en même temps,
Il compose lui seul des Opéra burlesques,
Il fait de vers Gascons, des airs Toscans,
    Madame, & des Balets Teudesques.

ARLEQUIN.

J'en tiens ici de sûrs garants,
Voilà pour vous, Madame, une chanson d'élite.
Et voici pour nous trois un morceau triomphant.

LE MARQUIS.

Nous y parodions chacun un Instrument.

LA FRIVOLITE'.

Pour assurer la réussite,
Il faut l'accompagner d'un Ballet Allemand

ARLEQUIN.

En attendant, Madame, un Danseur Moscovite.

LA FRIVOLITE'. chante.

AIR.

Coumo l'ausel près ol'niou,
Mon cor crido que fa pietat.
Auzi que fa, piou, piou,
Per aber la libertat.

Trio.

LA FRIVOLITE'.

Que la Vielle Inſtrument de ma Gloire,
La Flute, le Baſſon, célébrent ma Victoire.

LE MARQUIS ET ARLEQUIN
repetent enſemble.

Que la Vielle Inſtrument de ma Gloire,
La Flute, le Baſſon, célébrent ſa Victoire.

Ils ſortent tous trois à reculons en ſaluant le Public à la maniere des Boufons.

F I N.

LE PIOU PIOU.

COumo l'au- zel près dins un niou,

Mon cor cri- do que fa pié- tat,

Mon cor cri- do que fa pié- tat,

Mon cor crido que fa pié- tat, que fa pie-

tat, Mon cor crido que fa pié- tat, que

fa pié- tat : Au-zi que fa piou,

piou, piou, piou, piou piou,

LE PIOU PIOU.

Per a- ber la li- ber- tat a-

- Au- zi que fa piou, piou,

piou, piou, piou, piou, Per a- ber la

li- ber- tat - - Per a-ber la

li- ber- tat Per a-ber la li- ber-

tat - - - - Per a-

ber la li- ber- tat. Coü- mö l'au-

LE PIOU PIOU.

fel près dins un niou   Mon cor cri-

do que fa pié- tat,   Mon cor cri - do que

fa pié- tat,   Mon cor cri- do que

fa pié - tat, que fa pié- tat, Mon cor cri-

do que fa   pié- tat, que fa pié- tat, pié-

tat pié- tat a-

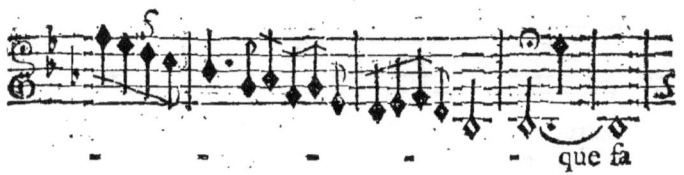

- - - - - que fà

pié- tat.

DIVERTISSEMENT ALLEMAND.

Le Théâtre réprésente un jardin, une terrasse dans le fonds, ornés de vases & de berceaux : des Allemands, & des Allemandes paroissent en différentes attitudes, les hommes tenant des pots de bierre, & les femmes des Wuiderkome. Deux des Allemands descendent la terrasse par des escaliers qui sont des deux côtés, & viennent chanter les Couplets suivants.*

* Sorte de verre dans lequel les Allemands boivent.

Les Paroles suivantes sont de M. Favard.

Ah ! que c'est un blef-seir té- le- étaple,
Ah ! qu'il est toux te pou- foir à taple,

Quand on u- nit Ba- chis & l'A- mour.
Trinqueir & zou- pi- rer tour à tour.

L'Amour vainqueir, De ma Ca- tin Cou-

le en zon keir, A- fec le fin : Ah ! &c.

CHŒUR.

Ah ! qu'il eft toux te poufoir à taple
Trinqueir & zoupirer tour à tour.

Second Couplet.

Soyés touchouts en réchouiffance,
Aimons, pufons, & faifons les fous :
Que chacun à l'envi chante & danfe,
Tous les pleizirs feront avec nous ;
Que la quaité,
La folupté,
Chaffe d'icy,
Le noir foucy :

Soyons toujours &c.

Après ces Couplets les Allemandes commencent leurs danses; les hommes boivent, une Allemande seule attire tous les hommes & les force à danser avec elle, après quoi succedent plusieurs pas de deux. Une Allemande interrompt la danse par ses Couplets, ensuite elle en chante en Duo avec un Allemand.

UN A-mant Alleman, Franchement, Con-

stament, S'en-gage; Mais il rend son ho-

ma-ge, Froi-de-ment: Le Fran-çois, A l'ex-

cès Est ardent, Inconstant, Et vo-la-ge, Mais

toujours a-mu-sant: L'impos-teur, Est fla-

teur; Il tra-hit, Et sé-duit; Tout per-fi-de qu'il

D

est, Il plaît. Lors que ses feux Sont heu-

reux, A d'autres vœux, D'autres nœuds, Il s'a-ban-

donne ; Mais si-tôt qu'il fri- ponne, L'on est

deux. Point de gêne, De peine, Dé pleurs, Tous les

cœurs, N'ont pour charme, En France que des fleurs.

VAUDEVILLE

EN TRIO.

CHan- tons la gay- té, Et la Fri-

vo-li- té.   Pour de- venir un peuple a-gré-

able , Que le goût françois foit i-mi-   té.

2.

Qu'un air engageant , un air affable ,
Nous tienne lieu de fincerité ;
Chantons &c.

3.

Qu'on traite de préjugé , de fable ,
Tout ce qui gêne la liberté ;
Chantons &c.

4.

Trouvons tout divin ou miferable
En jugeant avec légereté
Chantons &c.

5.

Que Thémis dicte fes loix à table,
Ou dans l'alcove d'une beauté
Chantons &c.

6.

Quittons le folide & le durable
Pour le clinquant de la nouveauté
Chantons &c.

7.

En France on préfere au raifonnable
L'enjouement & la vivacité
Chantons &c.

8.

Des graces c'eft le féjour aimable,
Les cœurs y perdent leur liberté.
Chantons &c.

9.

Que le Public nous foit favorable,
Si de notre piéce il eft flatté
Venez en gayté
Voir la Frivolité.

Un Allemand vient inviter à danfer, la Frivolité;
Pas deux, enfuite la contredanfe générale, dans le
goût allemand, qui termine le Divertiffement.

———————————

J'Ay lû par Ordre de Monfeigneur le Chancelier, la
Frivolité, Comedie, faifant partie du Recueil de
meilleures pieces Répréfentées aux Théâtres, & je crois
que l'on peut en permettre l'Impreffion, ce fix Février
1753.

CREBILLON.

Le Privilege & l'enregiftrement fe trouvent à la fin des
*Œuvres de Théâtre de M. D***.*

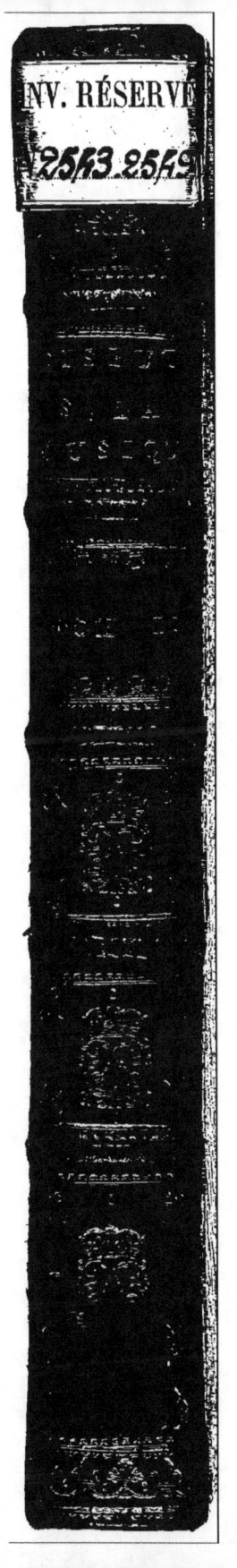

www.ingramcontent.com/pod-product-compliance
Lightning Source LLC
Chambersburg PA
CBHW060822180626
46818CB00002B/925